A Anne Marie

Un des moments d'une

autre enquête pour Just-

de Louvinte

Philippe 16/10/2015

Philippe BESSE

Rue des impressions

az'art atelier éditions

Un regard.

Des images qui se forment
dans une fulgurance,
une immédiateté inattendue.

Des notes, des mots et des couleurs
tentent alors une retranscription,
malgré l'éphémère de cette vanité.

Et la vie qui prend forme pour mieux
nous questionner.

À mon grand-père,
Georges-Théodore BESSE

À Caroline mon épouse de toujours

À Rébecca, ma fille d'un autre

À Victor et Mathis, mes deux garçons nés
le même jour

À ma famille si proche, si importante

Rue
des
impressions

Les Disparus

Bonjour j'ai vingt ans et je vais mourir
Bonjour j'ai un an et je vais mourir
Salut j'ai cent ans et je vais crever
Oui nous allons tous disparaître

Mais de nous tous qui a vécu le plus ?

Amour

Un amour à venir
Un poème en partance
Un amour à écrire
Un récit en souffrance
Mieux vaut laisser traîner
Ces pas derrière soi

Je m'en irai

Je m'en irai vieux piéton desséché
Empaqueter le pourquoi du néant
Sur des versants sans aucun firmament
Me saoulerai de candeurs hypocrites
Pour une dernière valse illusoire.

Je marquerai mes pas

Je marquerai mes pas
Mes comment mes pourquoi
D'un long sillon gazeux
Et les confronterai
À ce ciel d'infortune
Coloré de nos rêves.

J'assècherai la mare
Qui parlait en non sens
Pour délivrer la fleur
Frais parfum de l'amour
Qui rêvait de tes sens
D'un visage enfantin.

J'irai danser mes rêves
Au pourquoi du néant
Au trépas du toujours
Assoiffer l'hirondelle
Pour t'aimer davantage
Au delà de la mort.

J'offrirai aux ténèbres
Où sillonne l'oubli
Ta blanche consistance
De mes yeux bleus profonds
Et les habillerai
De soie et de lumière.

Baignade en eau canards

Baignade en eau canards
Sur clapotis légers
Du bassin d'un jardin
Bruissant d'après-midi
Où surnage en lenteur
La pointe tête noire
D'une tortue nageant.

Flamenco

Prends, coupe
Découpe ce cœur
De mes mots andalous
Agrippe toi au noir
Digère les en pas de temps
En chant du rien, du tout
En cri de vie.

Va, avance
Lance tes mains en courbe de vie
Exulte ton corps
Ton souffle de corps mouvance
Crie, hurle
Sois la mort de nos vies
Et révèle toi en nous, au monde

Danse et sois le monde

Une peau andalouse

Esquissement d'un monde
Sur note en doigts claquettes
En courbes bras genèse
D'un lent rythme dansant.

Temps d'arrêt corps figé
Replié en lui-même
D'affrontement regards
En pas de vie musique.

Et tu prendras le sang
De ta peau andalouse
En cuir et peau métal
D'un long tissu de robe.

Tu danseras le monde
Au chant de vies sans fin
En chant désillusion
Des illusions d'amour.

Je balance la mort

Je balance la mort
Par dessus la rivière
De nos fléaux de vie
Et m'en vais titubant
Enjamber les sillons
De nos folies nocturnes.

Je me fais trublion
Dépossédeur de vice
Afin d'ensemencer
Les rires de nos pleurs
De roses rouge miel
Et de fleurs irréelles.

Je gobe la noirceur
D'un œil criant sa peur
Sur les pentes neigeuses
Pour conjurer le sort
D'un corps tout englué
Dans sa gangue grisâtre.

Je pousse le portique
D'un nouveau cas d'école
Brise les noirs chaînons
Qui obstruent mon regard
Et passe en pluie de ville
Tel un oiseau humain.

Je brûle la matière
De ma vie de ma mort
Saupoudre mes propos
D'un acier rouge feu
Pour épingler le noir
D'un bleuté de tendresse.

Je danse sur la lune
Sur son tapis perdu
D'étoiles infidèles
Recouvre le présent
Fendillé de lézardes
De chapelure vierge.

Alors je disparais
Fidèle à ma mémoire
Et recouvre de terre
Cette absence de vie
Afin que la blancheur
Devienne renaissance.

J'ai renvoyé la lune

J'ai renvoyé la lune
Car elle pissait drue
Sur le banc des étoiles
Et se moquait du monde
Qui traînait un drap blanc
Tâché et déchiré.

Elle s'en est allée
Bouder à cloche pieds
Sur les monts sans cheveux
Déroulant la fraîcheur
De ses pleurs arborés
Par le vert de nos songes.

Elle a ri de mon trouble
De mon questionnement
Sur ma sévérité
Jaunissant les ornières
Des sombres réverbères
Pour que je la punisse.

Elle a lavé le ciel
De craies pointées de bleu
Par l'éponge des mots
Recouvrant d'un brouillard
Les chemins silencieux
Des tableaux de traverse.

Ainsi débarrassée
D'un tablier de temps
Elle est rentrée chez elle
Dans cet écrin ardent
Des devoirs immuables
Où chacun se fait homme.

Le

vo

Les volets sont ouverts

Les volets sont ouverts
Sur l'ombre de ma vie.

Demain il va pleuvoir.

Les passants glisseront
En habits de vies tristes
Et grisaille de rue.

J'ai absorbé l'idée
D'une mort souveraine.

Autant se coucher tôt
Pour finir en beauté.

Dans les vallées de lune

Dans les vallées de lune
Poussent des fleurs de rêve
Que l'on coupe la nuit
Pour habiller les jours
D'un manteau de lumière.

Dévalant les fusains
D'un gris outré de noir
J'observe les sillons
Dépossédés du blanc
Des présences muettes.

Emporté par ce souffle
D'attente silencieuse
Je regarde alentour
Le voile de nos temps
Et le déchire alors.

J'ouvre ainsi les saisons
À des moments propices
D'éphémères langueurs
Sur un lit d'équinoxe
Creuset de tout départ.

Tangage

Sensation de flou
Mollesse de ses sentiments
De ses états en âme décrépie.

Présence minuscule de son corps
Envahi d'une absence sensuelle.

Aimer en blancheur de sens
En une absolue nécessité
Que masquent les mots de sa vie.

Pourquoi se fait-elle absence
Par un espacement de mots
En résonance d'oubli ?

Gangue en mots désaccord
Par un rétrécissement de peau

Et voilà je tangue sur le gué du temps
Et vogue sur des ailes trop blanches
Dévoreuses en néant de vie.

Un déroulement Garonne

Lumière en éclat de fuite
D'un déroulement Garonne
Dans le noir jus de nos nuits
Qui cheminent en pavés
De pas sur des corps luisants.

Ombres en traces de vie
En un défilé cadence
Qui habillent les rues sombres
Et les murs gris endormis
D'une présence éphémère.

Image en rose poli
Sur claquement amorti
Qui s'efface peu à peu
Pour laisser place à la nuit
Et à son calme de vie.

Long silence retrouvé
De matière solitude
Sur lumière réverbère
Qui effile ses lézardes
En un flot d'écoulement.

Mécanique du temps

Mécanique du temps
En bordée de nos lunes
Qui détournent le pli
D'un rêve immaculé
Pour creuser son absence
En présence d'un corps.

Fenêtres sur les vents
Volets de bois violet
Cognant sur murs dépeints
En maison abandon
Perdue dans ses pensées
D'un voyage poussière.

Regard en pierres sèches
D'un homme en pluie de rêve
Qui marche dans les vides
D'une femme océan
Et se jette en blancheur
Dans les rouleaux du temps.

J'ai replié la mer

J'ai replié la mer
Aux gouttes de revient
Broyé son bleu de vie
En vert déperdition.

J'y ai noyé ma peau
Au sel si rose d'âme
Où roulent les amours
Et les désillusions.

J'ai déplié mes maux
En lancée d'espérance
Sur les galets ouverts
Des flots en mer ivoire.

J'y ai puisé l'effroi
De corps en oraison
Entendu leurs chants tristes
Sur le flot des partances.

J'ai plongé dans ce bain
D'un passé en présence
Par le bleu éternel
Ourlé d'un blanc de vie.

Ainsi fondu au ciel
À ce cœur d'horizon
J'ai enfin pour chemin
Ce fil effacement.

Une enfant du temps

C'est une enfant du temps
Aux grains de sable enfouis
Qui vous regarde encore
Par les eaux du passé
Qui coulent bienveillantes
Dans nos corps de présence.

C'est un pli de tambour
Doux son de son enfance
Qui vous berce en chemin
Vers le temps de soi même
Et vous fait regarder
La vie à sa façon.

Tendre le noir

Tendre le noir en un carré d'espoir
Y jeter le blanc d'un linceul de temps
Pour tracer des routes grisées de pas.

S'allonger un moment dans le bleuté
De ses rêves, dans le vert de sa vie
Puis couvrir l'horizon de mots de lune.

Regarder un long moment ces éclats
De phrasé surgir muses éphémères
Tels des soupirs profonds d'anges
rieurs.

Se relever indemne d'un présent
Enfoui dans ce passé démesuré
Où chacun rayonne de ses absences.

Partir ainsi dans l'inconnu des songes
En déchirant le noir de ce tissu
Tendu dont chaque corps est son
miroir.

Je clape la fin

Je clape la fin
La dézingue à tout va
Bouleverse sa faux
Pour éclairer le monde
D'une humanité joyeuse.

Je l'habille de rire
D'un faux semblant nocturne
Exaspère sa noirceur
Par des couleurs crues
Que je mange à l'envi.

Je balance sa lune
Contre le mur des soupirs
La coupe en deux
Et presse son rouge feu
Au sang de nos pensées.

J'en asperge nos jours
Qui présencent nos corps
Au-delà de la mort
Que je pousse à la fuite
Par sa fin souveraine.

Ainsi débarrassé du gris
Des ornières du mal
Je plonge à sa poursuite
Dans les méandres du temps
En noir dissolution.

Fondu à son silence
Je me fais son absence
Par la jouissance du bien
D'un destin illusoire
À ce jour achevé.

Le pas de l'escargot

Par sa coquille oblongue
Jalonnée de stries noires
Le pas de l'escargot
Immobile en son cercle
Est un long glissement
De traces imprécises
Qui brillent au soleil
En transparence absence.

Être

Je suis le temps
Je suis ma mort
Je suis le tout
Je suis ton rien.

Je suis les rires
Je suis les pleurs
Je suis cet homme
Prénom commun.

Si inutile
Je fuis la vie
Ce rien en tout
En mort voulue.

Sur verticale
Je crie ma joie
De toute fin
Et de la mienne.

Oui le bonheur
De disparaître
De n'être rien
Que son échec.

Hiver âme plongée

Hiver âme plongée
Sommeil décrépitude
Intemporalité
En sentiments perdus.

Bois assombris de pleurs
D'un bonheur révolu
En mots malentendus
Et perdition de cœur.

Bonheur enseveli
De feuilles assassines
Qui vert son jaune en rouge
D'un brun de cœur en mort.

Oubli de vie d'amour
D'un corps en soi d'autrui
Oubli d'un couple vie
Par des mots asséchés.

Mots en néant de sens
Dans un repli de peau
Qu'enfrichent les départs
D'un sous-bois lieu dual.

Ombre temps en lambeaux
À l'abri de tout corps
Par des mots silencieux
D'inutile présence.

Ombre temps suspendu
En flottaison de corps
Verticale sur noir
Libéré de soi même.

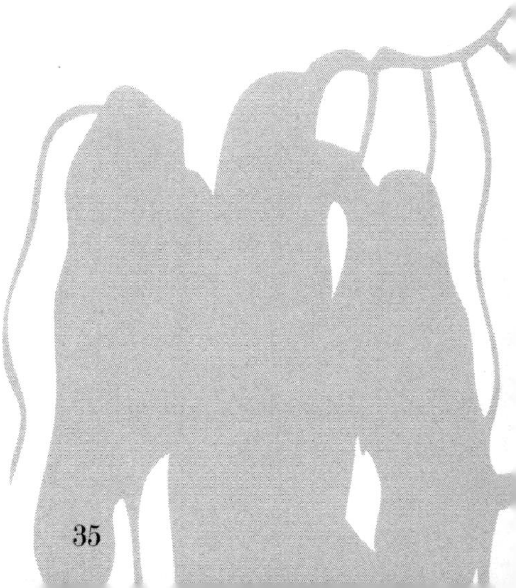

Désert

Long pas d'ombre épousant
Sa trace en vent d'oubli
D'un mirage au lointain
Sable néant creusé
Qui s'efface en chemin
Par sa marche légère.

Silhouette diaphane
D'un bleu en grain tissu
Qui recouvre sa peau
En ombre de soi même
Et nous fait hésiter
Sur nos propres présences.

Dune peau craquelée
Couchée en jaune sein
En un corps serpentance
D'un chemin d'aventure
Qui étire le temps
D'une longueur perdue.

Floraison éphémère
Par une longue attente
De grains de temps sous terre
En naissance beauté
Et présence mystère
De fleurs en vie de pluie.

Déhanchement du temps
En silence lenteur
De chameaux long voyage
Marchant vers un ailleurs
En rectitude ligne
D'horizontalité.

Tunique au vent bleutée
En espérance peau
D'une ombre chatoyante
Par un regard profond
Qui marche à leur côté
Vers tout effacement.

Eloignement présence
D'immédiat corps regard
En trouble de pensées
De cette vision d'un monde
Qui se sait éphémère
Et pour autant prégnant.

Vaste étendue de sable
Balayée d'un vent chaud
Retombant en silence
Sur toute solitude
Ne reste que soi même
Et son questionnement.

Les grands carreaux

Les grands carreaux oublient
Les effusions de sens
Par le chemin ouvert
Des fausses vérités
Où les couleurs foudroient
Les appétits morbides.

Le blanc s'est élevé
Dans ce terreau de ciel
Pris dans le lien binaire
D'un élan tendanciel
Où les circonférences
Embourbent les possibles.

La pluie se fait misère
Par ce trait délavé
Et creuse des ornières
Par ces sillons défaits
Où souffrent les ramures
Des arbres moribonds.

Le temps s'en est allé
Rajeunir sa présence
Digérant ces oublis
Décomposés de vie
Et passe en brun terreux
Sur ces corps ravinés.

Les vagues délétères

Les vagues délétères
Aux âmes cramoisies
Balancent le limon
Des érosions putrides
Sur les encrassements
De nos villes séniles.

Elles peuplent nos rues
D'infamie mortifère
Au couvent des démences
Où grouillent nos absences
Sur des formes blafardes
Démembrées d'espérance.

La grisaille est venue
Assombrir nos journées
Nous laissant démunis
Face à ces murs de peine
Plongeons de nos défaites
De nos inexistences.

Rue des impressions

Maquette et Création graphique :
Frédéric Clanet
Mélanie Graney

22 rue des Paradoux - 31000 Toulouse

Achevé d'imprimer en été 2015, sur les presses de l'imprimerie Lussaud-Iro à Perigny (Charente Maritime)

Imprimé en France

ISBN : 979-10-92667-32- 5